그 눈물이 달을 키운다

시작시인선 0300 그 눈물이 달을 키운다

1판 1쇄 펴낸날 2019년 8월 9일
지은이 이상인
펴낸이 이재무
책임편집 박은정
편집디자인 민성돈, 장덕진
펴낸곳 (주)천년의시작
등록번호 제301-2012-033호
등록일자 2006년 1월 10일
주소 (03132) 서울시 종로구 삼일대로32길 36 운현신화타워 502호
전화 02-723-8668
팩스 02-723-8630
홈페이지 www.poempoem.com
이메일 poemsijak@hanmail.net

ⓒ이상인, 2019, printed in Seoul, Korea

ISBN 978-89-6021-442-2 04810
　　　978-89-6021-069-1 04810(세트)

값 10,000원

그 눈물이 달을 키운다

이상인

천년의 시작

어릴 적 우리 집 과수원에
탱자나무가 둘러쳐져 있었다

탱자들은 그 많은 가시에
찔리지도 않고 잘도 컸다

가끔 내 시에 내가 찔려서
아파할 때가 있다

그러나 살아가면서 만든
곪은 상처를 따고 치유하기 위해
시를 잘 벼려놔야 한다

2019년 여름 중마에서
이상인

차 례

시인의 말

제1부

제1부

열하루 밤의 달

달에 눈물 자국이 선명하다 때론 달도
뒤돌아서서
남몰래 눈물을 흘리고 싶을 때가 있는 거다

그 눈물이 달을 키운다

내소사 꽃살문

이번 겨울 한철에는
내소사 꽃살문에서 나고 싶다
솟을모란꽃살문 띠살문에 끼어들어
대웅보전 문틈에 꼼지락거리는
맑고 가벼워진 햇살이나 세어보며

몇 편의 눈보라를 이끌고
멀대같이 서있는 전나무 길로 들어서겠지
아차, 길 잘못 든 나그네처럼 기웃거리며
절 앞마당 가로질러
작은 손 말아 쥔 당단풍나무를 건드려보다가
뒷산 봉우리로 가뭇없이 사라지겠지

꿈속 같은 세상살이야
이제 웬만큼 비벼대며 살아봤으니
더 뭘 바랄 게 있겠나
앞으로 남은 세월의 푸른 살결도
흐르는 구름처럼 저절로 아름다워지느니

어제 절 마당을 쓸다 간 바람처럼

그동안 스쳐 지나간 모든 인연
하나둘 따뜻한 입김을 불어넣듯 불러들여
빗국화꽃살문이나 빗모란연꽃살문
솟을금강저꽃살문에 서로 깍지 끼어보며
사방연속무늬를 짜보고 싶다

해와 달을 바라보며
서로를 꼭 껴안다 보면
어느새 한 천 년쯤 훌쩍 흘러
우리 늘 여닫는 환幻의 꽃살문에도
저처럼 은은한 미소가 배어나지 않겠는가

개구리 울음소리

저 논솥이 무량하다.
몇 날 며칠을 끓어 넘쳐도 끄떡없다.
일평생 그대와 나누었던 솥도
저와 같은 것
슬픔도 아픔도 기쁨도
한 솥에서 팍팍 끓어, 넘쳐서
아름다운 한세상 이루었다.

풍남항 등대

가끔 생각난 듯 추억을 깜박거려 본다.

낮에는 아무렇지도 않다는 듯이 서있다가

밤새도록 눈을 뜨고 곰곰이 되뇌어 보는

내 몸에서 그대 생각

깜박깜박 꺼져있을 때가 잦아진다.

그대도 어느덧 수평선만큼이나

가물가물 잊고 살아가는 날들이 많아질 것이다.

익상편翼狀片

내 눈 속에 갇혀있는
새의 날개를 꺼내기 시작한다.

오래전 문득
무한천공을 슬그머니 훔쳐보았을 뿐인데
마침 날아가던 시조새, 날개 하나
왼쪽 눈에 찰싹 달라붙어 버린 것일까.

잠시 어리둥절 어지러웠고
앞길이 가끔 침침하곤 했는데
그 날갯죽지가 좀체 떨어지지 않고
뿌리내려 자라기 시작했다.
마침내 오른쪽에서 왼쪽으로
아주 천천히 나는 연습을 하고 있었다.

파닥이는 날갯죽지를 잃어버린 새는
어느 천년의 하늘을 쪼며 날고 있을까?
빈 마음을 붕대로 칭칭 동여매고

젊은 안과 의사는

붉은 깃털을 세심하게 뽑아내더니
다른 살을 가져와 꼼꼼하게 꿰매 놓고
안대로 단단히 봉해 버렸다.

이윽고 올려다본 몇억만 년의 외눈박이 천공
거기 발라먹고 남은 물고기 화석 같은
솟을새김 날갯죽지 하나
서쪽으로 멀어져 가고 있었다.

산딸나무 우산

누님은 늘 고운 빛으로 오시네.

여린 손목 한번 잡아보지 못하고
슬며시 건너온 세월
누님에게 불어넣어 드리고 싶은 입김이듯
하늘에 후드득 빗방울이 일었고
나는 무심결에
익은 산딸나무 아래로 이끌었네.

하얗게 피었던 산딸꽃,
오랜 기다림으로 충만하게 여물어
우리 향긋한 우산이 되어주었네,

산딸나무 아래서
잘 익은 시간의 바람은 팔랑대며
천 년을 숨 쉬듯 고즈넉이 흘러가고
흰 웃음 지그시 깨문 치아 사이로
내 작은 이름이 보일락 말락

후드득 빗방울 듣는 산딸나무 우산

빙그르르 돌리고 싶었네.
오신 분 영영 떠나지 못하게
빙빙 돌며 말없이 지켜주고 싶었네.

아직 이 세상에 태어나지 않은
가장 맑고 아름다운 시처럼
누님은 늘 고운 빛으로 내려오셨다가
잠시 머물다 떠나가시네.

다음 생을 묻듯이

설거지하는 소리가 들려온다.
당신은 도대체
그동안 살아있었느냐고 되묻는다.

사랑은 그냥 기록하면 안 되겠냐고
노래해 주면 안 되겠냐고
그릇 부딪치는 소리가
방문을 열고 조심스럽게 들어온다.

세상에나 당신은 나였소
그래 오래 잠들지 못한 사랑이 있었네.
이때껏 뒷정리만 해주는 세월
물기마저 말끔히 말려버린 슬픔

어느 때 흰 등대를 돌아 나오면
황망히 파도가 앞을 가로막으며
다음 생을 묻듯이
버릴 나를 담은 비닐봉지를 들고
분리수거대 앞에서
무심히 올려다본 하늘이 거기 있었네.

쑹화강 꽈리
—외할아버지 이야기

내가 만주 쑹화강에 기대어 잠시 화적질로 연명할 때 관군에게 쫓겨 무수한 옥수수밭을 헤매다가 숨어 들어간 오두막집, 새끼손가락이 살짝 굽은 아주머니가 옥수수 자루 속에 숨겨 주면서 꽈리를 한 움큼 던져주어 살아났었지.

오늘 백두산 가며 쑹화강 다리 건너 잠시 멈춘 길모퉁이. 한 아주머니 봇짐을 펼쳐놓고 꽈리를 팔고 있는데 담아주는 손길 문득 낯익어 보니 아, 새끼손가락이 살짝 굽어있지 않은가. 자초지종을 들어보니 돌아가신 할머니도 그러하셨다고. 덤으로 주는 잔잔한 미소까지 똑 닮아 보여 나는 그만 눈시울이 뜨거워져서 꽈리 봉지만 만지작거리는데

그때 그 시절 내가 만주 벌판을 밤새워 내달리던 말발굽 소리, 귓가를 스치며 언덕 너머로 아득히 멀어져 가고 있었던가.

23

자작나무의 눈

백두산 자작나무는
죽은 호랑이들의 혼이 스며들어
새벽이면 눈을 크게 뜨고
세상을 바라본다는데

오늘 자작나무 숲을 지나다가
무섭게 뜬 눈을 여럿 보았네.
백두산 호랑이들이
자작나무 숲 그늘을 어슬렁거리며
내 뱃속을 샅샅이 들여다보는 것 같아
움찔 놀라곤 하였네.

눈이 시리도록 흰 살결 속에서
살짝 처진 눈초리를 치켜세우며

도대체 그대는 무슨 물건인고!!

버럭 호통을 치는 선사처럼
한순간 오가는 이승과 저승길
한 가지로 꿰뚫어 보는 듯한
백두산 호랑이들의 거친 숨소리 들리데.

겨울 목판화

툭툭 불거진 검은 핏줄이 뻗어간다.

맵찬 하늘에 자신을 온전히 돋을새김 중이다.

손끝이 가늘게 떨리면서 집요한 한 생각을 넓혀 가고 있다.

사이사이 가득 들어차는 푸르스름한 시간,

봄빛이 감돈다.

나를 읽는 독서대

뒤에서 편하게 받쳐주는 이가 있다.
여러 사람이 나를 잘 읽을 수 있도록
정성에 정성을 다하여 떠받쳐 주고 있다.

날마다 나를 받쳐주는 그도
새로운 내가 출간될 때면 몰래 읽을 것이다.
내용을 알고도 모른 척 시치미 뚝 떼고
다른 사람들이
새로운 나를 잘 읽을 수 있도록 받쳐주고 있는 것

그는 날마다 나의 한 페이지를 펼쳐놓고 묵묵히 읽으라
며 재근힌다.

목소리 돋우어 읽지 않아도
침 묻혀 책장을 넘기는 소란스러운 침묵에도
나를 읽는 이들의 숨결과 마음마저
훤히 꿰고 있는 그는,

독자들이 나를 읽다가 무의미함을 느끼면
두 손바닥을 마주 대듯 접어서

먼지 포근히 앉은 생의 뒤쪽 서가에 꽂아놓고
더 치열하고 참신한 신간을 요구한다.
그 모습이 너무도 단호하여
나는 늘 나를 새로이 써서 보여 주며
그의 눈치를 살펴야 한다.

이즈음 나를 가만히 덮어두고 쉬고 싶을 때가 잦아진다.

오늘도 짭조름하게 간이 밴 주제 하나를
그의 두 손바닥 위에 슬그머니 올려놓았다.

사골

둥근 무쇠 솥뚜껑을
연신 들썩이는
울음소리의 의미를 알 것도 같다.

뜨거운 입김을 씩씩 불며
도대체 하고 싶은 이야기가 구름 책
몇 권 분량인가.

훌훌 들이마시며 살아온 세월
장작불에 은근해질 때
사지가 붙들고 다니던 그 큰 집은
이미 헛방으로 사라지고
함께 걸어온 길들마저 아궁이에 넣어져
일순간 검은 연기로 승천하는데
부지런히 걷고 뛰어온 다리만 붙잡혀
뿌연 이야기 진하게 배어나도록 요동친다.

워, 워, 소리쳐도
멈추지 않는 시간의 그림자
지푸라기 같은 질긴 인연을 되새김하던

수많은 나날의 지워지지 않는 생채기여.

장작불은 질기고 모진 혓바닥으로
꾹꾹 밟아온 생애를 뜨겁게 핥아대고
비로소 고삐 풀린 바람이
울음 없는 울음소리, 둘둘 말아
먼 길 떠난다.

춘설

생강나무 아래에서
만남은 짧았다.
그 여자 너무도 빨리 눈물을 보였다.
생강나무의 눈도
노랗게 부풀어 올라 툭툭 터지고
아직 찬 계곡물은 숨소리 죽이며
과거 속으로 조심조심 흘러갔다.

먼 데서 오래 기다리다 온
지난 생각들로 가슴에 얼룩이 졌다.
이른 봄 생강나무 곁으로 왔다는데
아무도 온 것 같지 않은
그 여자가 잠시 머문 자리,

시간은 이미 층층이 깊어져만 가고
바람 불 때마다 생강나무 가지에서
생각 생각난 듯 사그락사그락
그 여자의 연두색 목소리가 피어났다.

입춘 동천

누군가 던진 돌멩이 하나 품고
자신의 몸이 녹을까 봐
노심초사 누워있는 강을 보네.
꽁꽁 언 결심이 풀어지고
가슴에 구멍이 나도록 말없이 견디는

당신이 언젠가 무심코 던진 사랑도
내 가슴에 오래 박혀 있네.

묵직하게 얹어놓은
그 단단한 미움 덩어리 하나
이제 생의 저 밑바닥에
그저 가만히 내려놓을 때가 되었네.

새로 자라난 물풀이 머리를 끄덕거리고
붉은 석양을 뛰어오르다가
멋쩍은 듯 슬며시 내려앉은 붕어들의
짧은 생각들 빠끔거리는 그곳.

그녀가 또 한 번 스쳐 지나간다

15년 만에 화성이 지구 가까이 스쳐 지나간다.

갑자기 만남이 붉게 빛난다.

더워서 샤워하고 선풍기 앞에서 지나가는 화성을 본다.
화성에서도 그녀가 더워 샤워를 하고
창밖으로 지나가는 지구를 본다.

내가 손을 흔든다.
그녀도 무심결에 고개를 끄덕인다.
방바닥에 편히 누우려고 하는데
지구 자서처럼 끌어당기는 것이 있어서
창가에 붙어 앉아 쳐다본다. 그녀도
언제 또다시
이렇게 가까이 아주 가까이 마주할지 궁금하여
뱅글뱅글 신나게 타고 지나가는 지구 별을 아쉬움처럼
오래 바라본다.

앞으로 몇십 년
혹은 몇백 년쯤이나 지나가야

우리는 또다시

이렇게 약속이나 한 듯 가까이 스쳐 지나갈 수 있을까.

생각들이 내내 꺼지지 않고 밤새 붉게 빛나고 있다.

체설說

이 풍진 세상, 구멍은 몇 개나 되나요.
다 세고 가려면 얼마나 멀었나요.
바람도 자꾸 달려와 얼굴을 디밀어 보고
갸웃거리다 가는

도깨비 탈을 쓴 악귀들이
설날 밤에 모여들어 신을 신어보네
일 년 동안의 운수를 재어보네
수많은 바람구멍을 세어보다가
춤을 추지!
덩실덩실 춤을 추지!
갈수록 침침해져 읽기 어려워지는
해석하기 난해한 문장들이 판을 치는
추운 정월

우린 체를 하나씩 머리에 쓰고
태어났다고 하던가.
서로가 서로를 곱게 걸러주고
구멍도 세어주고 싶다고 하던데
어제도 오늘도 신은 신어보지도 못하고

쳇바퀴 돌듯 날 새는 날들

이 험한 세상, 이때껏
구멍은 몇 개나 세었나요.
얼마를 더 세면 새벽 문이 열리나요.
바람도 세어보다가 자꾸 헷갈리는
그대 가슴에 숭숭 뚫린 구멍들

제2부

면앙정 학당
—매미들

서늘한 모시 적삼을 걸치고
면앙정에 가득 모여든 서동書童들이
저마다 목청 높여 서책을 읽고 있다.

어떤 서동은 시원스럽게 줄줄
읽어 내려가고
어떤 서동은 더듬더듬 읽어내는데
몇몇은 고장 난 유성기처럼
한 구절을 읽는 데도 한나절이 걸린다.

오늘도 어르신네는 출타 중인가 보다.
그래도 면앙정에 모인 서동들은
오늘 분량의 고서를 부지런히 읽고
또 읽는다.

간혹 잔솔가지 사이로 숨어서
장난치거나 빈둥거리는 놈이 있는데
그럴 때면 어김없이
대나무의 오른손에 들린 회초리가
시퍼렇게 빛났다.

대숲 향기에 취醉하다

전라도 담양에 들어서면
여기저기 대숲 향기가 널려 있다.
몇 개씩 먹감나무에 매달려 있기도 하고
빨랫줄 집게에 물려 펄럭이기도 한다.

그 푸른 향기는,
참새 떼를 이루어 몰려다니거나
곤줄박이처럼 짝을 지어 다니면서
우리네 생의 울타리나 헛간을 뒤진다.

고샅을 걷다가 어르신을 만나도
낯선 이를 만나도 눈인사와 함께
한 움큼씩 대숲 향기를 건넨다.
받은 것은 호주머니에 고이 간직했다가
다른 이들에게 따뜻하게 건네야 한다.

그러니까 담양에 오면
대숲 향기에 푸욱 젖어 들어야 한다.
흔히 굴뚝에서 뭉게뭉게 피어오르기도 하고
밥그릇이나 숟가락에 얹혀 있거나

꿈속 밤하늘에 펄럭이기도 하는데
아침에 시간의 이부자리를 털면
사그락사그락
서너 마리씩 날아오르기도 한다.

어디론가 느리고 아늑하게 이끌어주는
담양의 푸른 대숲,
마냥 취해서 더 깊이 빠져들고 싶은
사랑이며 추억이며 그리움이다.

관방천 징검다리

두 분이서, 징검징검 건너오세요.
슬픔과 기쁨이 졸졸 흘러가는 소리를
배경음 삼아 건너다 보면
자신이 추억 속에 서있다는 것을
서서히 깨달으실 겁니다.

그 중간쯤 살짝 멈추세요.
잠시 생각들은 호주머니에 넣어두고
죽녹원에 둘러선 푸른 대숲과
관방제의 싱싱한 나무들을 둘러보세요.
마음이 차분하게 사각이기도 하고
방금 메디세퀘이이 길을 질러온 바람외
새근거리는 숨결이 느껴지시지요.

차츰 당신은 안개 걷히듯
볼 수 없었던 것들을 보게 될 것이고
정말 하찮게 느껴졌던 것들이
귀중하게 생각되실 것입니다.

두 분이서, 앞서거니 뒤서거니

징검징검 밟고 건너가세요.
누구나 꼭 한 번은 건너가야 할
생의 아름다운 징검다리입니다.

금성산성 방울새 울음소리

산 노을이 질 무렵
멀리 무등산을 바라보는 대숲에서
방울새가 울었다.
따라서 산 능선들이 어깨를 꿈틀거리고 있었다.

임진왜란과
사람이 곧 하늘이 되기를 꿈꾸던
갑오농민항쟁을 지나며
어디선가 날아온 방울새 수십 마리
대대로 살아온 대숲에 깃들이더니
석양 무렵이면 어김없이
울어도 울어도 추월산 칡덩굴 같은
질긴 울음을 울었다고 한다.

좀 더 나은 세상을 바라며
죽어서 차례로 푸른 봉우리가 되어갔던
담양의 고조할아버지들과 그 아들의 아들의
맑은 혼을
하나둘 호명하여 불러내듯이

그 방울새 울음소리는
백 년에나 한 번씩 피었다 진다는 대꽃만큼이나
섧고 가슴 저렸다.

죽녹원 대숲의 사랑법

대숲이 무릎을 꿇었다.

어제 초저녁부터 휘날리던 눈송이들의 구애에 굴복하여 청머리가 땅에 닿도록 허리를 구부리고 말았다.

처음에는 후려치는 싸락눈 몇 개가 귀찮아서 푸른 손바닥으로 이마를 연신 쓸어냈다. 그래도 눈들은 그칠 줄 모르고 송이 눈으로 함박눈으로 자꾸자꾸 대숲을 어지러이 눈멀게 했고 급기야는 한밤중 캄캄한 폭설로 대숲을 가두며 더욱 포근하게 뒤덮었다.

대숲은 이렇게 하염없는 흰 사랑을 털어내서 될 일이 아니라는 짓을, 그냥 내리면 내리는 대로 쌓이면 쌓이는 대로 함께 푸른 등에 짊어지고 서있는 것이 더 의미 있는 일이라는 것을 알았다.

하여 발목에 힘을 더 주고 무릎도 약간 굽히면서 푸른 등을 둥글게 말아 흰 사랑들이 쌓이기 좋게 동작을 취해 주었고 그런 마음으로 긴긴 겨울밤을 견디다가 동이 트는 새벽 무렵 더는 내리는 사랑의 무게를 어쩌지 못하고 허리가 무너져 깨끗하게 무릎을 꿇고 말았으리라.

그래 당신도 끊임없이 내리는 희디흰 사랑을 온몸으로 받아내 본 적이 있으신지, 그 사랑에 감동되어 무릎을 꿇고 겸허하게 머리를 조아려본 적이 있으신지. 죽녹원 대나무들은 온몸으로 묻고 있는 것이다.

삼인산에 비치는 노을

대쪽 할아버지들의 카랑카랑한 기침 소리 같은

쑥부쟁이처럼 모질게 살다 가신 할머니들의 엷은 미소 같은

아버지, 어머니들의 무량한 자식 사랑 같은

그리하여 우리들의 가슴에 얼비치는 아득한 그리움이여.

추월산이 지워지고 있다

펑펑 쏟아지는 눈꽃 송이를 맞으며 뛰어가
헛간 옆 측간에서 끙끙거리다가
문득 바라본 추월산,
편히 누워계시던 도인 한 분이
하얗게 지워지고 있다.

하늘과 땅의 경계가 이렇듯 사라질 때
덩치 큰 산도 키 큰 나무들도
은빛 지느러미 흔들며
무한천공 두둥실 흘러 다니는가 보다.

대나무들이
어깨에 쌓인 눈을 털고 일어나
푸른 눈 깜박이며 측간을 기웃거린다.
밖에서 보면
나도 분명 하얗게 지워지고 있으리라
갑자기 머리부터 발끝까지 시원해졌다.

창평 삼지내 돌담길

새벽이면 고택들의 큰기침 소리
고즈넉한 시간이 층층이 내려 쌓여
화석처럼 굳어진 돌담들

그 위로
축축한 안테나를 머리에 꽂은 달팽이
몇 번의 생을 두리번거리며 느리게
느리게 지나간다.

돌담길 걸어
돌담길이 내 몸속으로 들어와
내 몸의 일부가 되었다가
될 수 있으면 느리게 빠져나가도록
무심히 걷다 보면

새소리, 바람 소리, 물소리
햇살이 몽글게 부서져 내리는 소리까지
가벼워진 두 어깨를 토닥거린다.
가방에 담아 왔던 걱정거리들
쌀 씻는 소리처럼 깨끗하게 비워지고

그늘을 밝히는 착한 불빛 몇 송이
담장 너머 꽃들이 마냥 즐겁다.
태엽 풀린 시계처럼
마음마저 가다 서기를 반복하게 하는
창평 삼지내 돌담길.

전우치와 황금 들판

　전우치가 공부하던 절은 금성산성 근처에 있는 연동사이다. 그는 어릴 적 스님이 잘 지키라고 일러준 술을 훔쳐 먹은 여우에게서 얻은 책으로 도술을 익혀 극심한 흉년에 허덕이는 백성들을 구호하기로 마음먹는다. 금세 오색구름을 불러 타고 중국의 여러 궁궐에 들어가 임금들에게 옥황상제의 태화궁을 짓는다고 속여 금 대들보며 금 서까래를 거두어 왔다. 그것으로 곡식을 마련하여 온 백성들에게 골고루 나누어주고 남은 것은 담양 어딘가에 묻어두었다는데 가을이면 황금빛 들판으로 넘실대는 영산강 주변이다.

　지금도 전우치가 황금 대들보를 숨겨 놓은 들판에 가을이 깃들면 담양의 모든 대나무가 수군거리며 춤을 추기도 하고 밤낮없이 푸른 손뼉 치는 소리가 들리기두 한다는데 혹시, 수북면 황금리 들길이나 담양 5일 시장 국밥집에서 뜬금없이 만난 이가 아직도 살아서 우리 곁에 있는 전우치인지 모르니 유심히 살펴보시라.

담양 석당간

그 어느 존귀한 분이
크나큰 돌 지주 하나를
담양의 깊고 넓은
하늘 한가운데 세워놓으셨나

선사시대와 고조선의 하늘이
고려시대와 조선시대의 하늘이
현재와 미래의 저 높푸른 하늘이

대 뿌리 같은 질긴 인연의 줄에
한데 묶여
날마다 힘차게 펄럭이고 계시네.

내일도 모레도 세세만년歲歲萬年
멈추지 않고
줄기차게 펄럭이고 계시네.

관방제림

당신은 어떤 몸동작을 보여 주며
이 세상을 살아가고 있습니까?

그래요, 잘 모르시겠다면
담양 관방제림에 모여있는
나무들의 다양한 삶의 동작들을
언제 한번 감상해 보시지요.

살짝 허리를 굽힌 채
서로 귓속말을 들어주기도 하고
가벼운 몸동작으로
흐트러진 미음을 디집기도 하고
더러 하늘을 향해 기지개를 켜며
이제 살 것 같다고
외치는 듯 서있는 나무들

당신은 정말 슬프거나 힘들 때
기쁘거나 즐거울 때
어떤 동작을 취하시는지

담양 관방제림에서
마음 편히 골라보세요.
거기 당신이 보여 주고 싶은 자세를
꼭 닮은 나무,
인연처럼 만날 수 있을 테니까요.

월산에 뜨는 별자리

초저녁 월산 밤하늘에 하나둘 낯익은 별들이 얼굴을 내민다.

금실 좋기로 소문난 밤실 내외, 가뭄 든 해 자기 논에 도랑물을 다 대려고 고집부리다 간 선평 양반, 머슴살이만 하다가 장가도 못 가고 죽은 솔봉이 아재, 대를 쪼개 바구니를 잘 짓던 기준 양반과 큰물에 떠내려가 영영 소식 없던 옆집 막둥이까지 한꺼번에 몰려나와 소곤소곤 못다 한 이야기를 나눈다.

날마다 고향 소식이 하도나 궁금한지 해맑은 얼굴을 빠끔히 내밀고 밤새도록 빈찍빈찍 눈을 빛낸다.
일찌감치 저녁을 나누어 먹고 연속극이 끝나 마을회관을 나온 할머니 몇 분, 집 안으로 들어가기 전 굽은 허리를 펴며 밤하늘을 올려다본다. 먼저 간 바깥양반의 안부가 궁금하다는 듯이, 이다음 가야 할 자신의 별자리가 어디쯤인지 확인이라도 하려는 듯이

하늘에서 내려다보면 땅에서 살아가고 있는 이들은 모두 아름다운 별들로 반짝이고 나중에는 그 별자리가 하늘에

도 그대로 늘어선다고 믿고 늘 선禪하며 살아가고 있는 월
산 사람들.

천 년을 기다리는 대숲
—동학란

잠시 앉지도 눕지도 않고
우리 어울려 서서 천 년을 기다렸네.
등뼈 속에 감추어둔 물오른 죽창
비밀스럽게 만져보곤 하였네.

새날이 오면, 이 새로운 땅으로
훨훨 바쁘게 날아온다고 하신 말씀
수십 천 번 댓잎으로 피었다가 지는데

사람이 곧 하늘이 되는 세상 꿈꾸며
이렇게 늙지도 죽지도 못하고
두 눈 밝게 뜨고 곧게 서서
푸른 천 년을 기다리네.

아름다운 별빛, 달빛을 받아 마신
죽창은 더욱 시퍼렇게 날이 서고
고개 들어 한데 귀를 모으며
손에 손을 움켜쥐고 기다리는 날들이여.

우리한테 어우러져

또 한 번의 천 년을 기다리네.
오래전에 대꽃은 피었다 지고
이제 또다시 피어난다는 소문
들꽃처럼 무성한데

소쇄원을 다녀와서

고향 집에 돌아와
뒤꿈치에 질펀하게 묻어있는
소쇄원을 본다.
방 안으로 나를 따라 들어와
아랫목에 시린 엉덩이를 녹이며
가만히 웃는다.

그 속에 여전히
대숲은 푸르게 출렁거리고
꽁꽁 얼었던 시간이 쏴아
한꺼번에 녹으면서 쓸리는 소리
내가 그동안 걸어오면서
바삐 달려오면서
길 위에 무늬 놓은 모든 추억이
먹감나무 이끼 놓인 비늘에
훤히 비추어 보인다.

누군가 제월당 마루에 앉아
까만 어둠 속에 달을 그린다.
비로소 내 몸속을

따뜻하게 흘러가는 달빛 달빛들

이제 나와 한 이불을 덮고

소쇄원은 잠이 들었다.

대숲의 또 다른 사랑법

이듬해 봄,
폭설에 맞아 끝내 일어서지 못하는
대나무로 울타리를 엮어주었다.
반쯤 마른 몸뚱어리들이
다리와 허리와 머리를 서로 묶은 채
강강술래 하듯 둘러서자
대숲은 훈훈한 온기가 감돌았다.

얼마 후
여기저기서 수군거리는 소리가 들렸다.
용케 알아채고
검불을 긁어내고 둥글게 치워주자
병아리 주둥이 같은 머리를 내밀며
죽순들이 태어나고 있었다.

죽순들은
날마다 몰라보게 쑥쑥 자랐는데
그것은 지난겨울
눈이 많이 내렸기 때문이라고 했다.
대숲을 푸욱 빠지게 했던 폭설이

죽순들을 무럭무럭 키워낸 것이다.

다 자란 죽순들이
태내의 모시옷을 한 겹씩 벗자
대숲은 이내 울창한 처녀림으로
푸르게 물결치기 시작했다.

그 겨울의 함박웃음

밤새 내린 하얀 눈송이를
가득 짊어진 대나무들이
언덕길을 내려가고 있었네.
빨간 털모자에 파란 장갑을 낀
아이들이 쪼르르 몰려나왔지.

저희끼리 뭐라고 조잘대더니
장난스럽게 한 아이가 앞서 걷던
대나무를 조금 밀쳤네.
떡가루 같은 웃음이 흩날렸고
동시에 아이들이 하얀 이를 드러내며
웃기 시작했지.

이번엔 아이들이 어리광 부리듯
대나무의 허리춤을 흔들어댄 거야
등이 무겁던 대나무들이
허리를 펴며 껄껄껄 웃고 말았지!
몇 말이나 되는 흰 웃음보따리가
머리 위로 한꺼번에 쏟아져 내렸고
아이들은 참을 수 없는 함박웃음을
그 겨울이 다 가도록 웃고 있었네.

제3부

봄구슬붕이꽃

고흥 천등산 자락
봄이면 슬그머니 얼굴을 내민 이들
그날의 하늘처럼 시퍼렇게 질려서
천등산 바위 굴을 쳐다본다.

그때 송정, 매곡, 풍남 마을에서
굴비 엮듯이 바위 굴로 끌려와
영문도 모르고 죽어간 이들
다시는 아궁이에 불을 지피고
식구들과 함께 먹을
따뜻한 저녁을 짓지 못한 이들

올해도 서럽게 고운 봄은 와서
천등산 양지바른 산자락마다
서둘러 파란 별들이 피어났는데
기쁜 한 소식 기다리듯
하루만 또 하루만 그렇게 떠있다가
슬그머니 지고 있다.

평안남도 순천 작가와의 교류기

오늘 아침 드디어
전남 순천작가회의 회원 삼십여 명이
평안남도 순천행 통일 열차에 몸을 실었다.
남북 교류가 급물살을 타면서
남쪽 순천 작가들과 위쪽 순천 작가들의 만남이
오작교처럼 이루어진 것이다.

우리 통일 기차는 전주, 대전을 지나
서울에서 평양으로 평성을 가로질러
순천보다 좀 더 큰 순천에 도착하였다.
순천 작가들 사십여 명이 역 앞에 나와 있었다.
서로 반갑게 악수를 하고
기념사진 촬영을 마치고
대동강 변에 있는 군중문화회관으로 갔다.

양쪽에서 두어 분씩 시 낭송을 하고
통일 이후의 문학에 대한 주제 발표와
가벼운 토론이 이어졌다.
모두가 상기된 표정으로 진지하기 그지없었다.
'우리는 하나'라는 데 모두가 공감하고

다음 꽃 피는 봄에는
따뜻한 남쪽 순천에서 행사하자고 약속했다.

다과와 친목을 통해 우의를 더욱 다지고
순천의 문화재 관광과 먹거리를 찾아가는 시간
해설사의 낭랑한 목소리가 쟁쟁하게 울렸다.
1953년 용봉리에서 요동성총이 발굴되어
북한 국보 제20호로 지정되었고
국보급 고구려 벽화고분인 천왕지신총
보물인 고구려 때 창건된 안국사……

순천의 명물인 옥수수 막걸리가
몇 순배 돌고,
누가 먼저랄 것도 없이 차 안에
아리랑 노래가 울려 퍼지기 시작했다.
서로 얼싸안고 춤을 추며
순천 시내를 돌고 또 돌았다.
흥에 겨워 시를 낭송하는 분,
서로 같이 노래하자며 실랑이를 하는 분들로
남은 시간이 빠듯했다.

잠에서 깨보니
집에서 늘 보던 해가
여기 호텔에서도 밝고 힘차게 뜨고 있었다.
순천의 특별 해장국으로 속을 달래고
우리 팀은 남쪽 순천행 통일 열차에 몸을 실었다.
힘찬 기적 소리를 내뿜으며 출발하는데
위쪽 순천작가회의 회원들이 모두 나와
손을 흔들며 환하게 웃고 있었다.
우리 순천작가회의 회원들도 창밖으로
뜨거운 인사를 보냈다.

짧고도 긴 시간을 내려오면서
하루빨리 따뜻한 봄이 오면 좋겠다고 생각했다.
선암사의 선암매가 필 때쯤
위쪽 순천작가회의 정든 분들을 다시 만나
순천 국가정원이랑 갈대밭, 송광사……
짱뚱어탕에 순천 나누우리 막걸리 맛을
행복하게 나누면 좋겠다고,

한라산 동백

수많은 입이 붉게 피었다.
어둠 속에 묻어두었던 이야기
또다시 들려주고 싶었던 것
한순간 목이 뎅강 잘려
깊은 나락으로 떨어진 얼굴들
할 말을 못 하고 죽은 이들의
그 할 말을 속 시원하게
다 해주고 싶었던 것

수직으로 떨어져 흙빛으로 물든
그때의 목숨이
자꾸 눈에 밟힌다.

매미

순천역 앞 나무 그늘,

누구나 평생 울어야 할 일을 한 가지씩은 갖고 태어난다
는 듯이

날마다 울어야 할 일을 곰곰이 되새겨 보며

앞으로 죽을 때까지 울어야 할 울음은 또 얼마나 남았는
지 가늠해 보면서

기적 소리도 쟁쟁하게 운다.

피조개

피조개 한 바구니
깨끗이 씻어서
끓는 물에 쏟아 넣었더니
입을 더욱 굳게 다물어버린다.

얼마를 더 지나자
하나둘 입을 벌리기 시작하더니
꽉 물고 있던 작은 새들을
한 마리씩 보여 준다.

이때껏 한 번도 울어보지 못한
새들의 피 묻은 울음소리,
퐁! 퐁! 퐁! 떠올라
세상 밖으로 날아간다.

풍남항
—풍랑주의보

물이랑마다 저승꽃이 하얗다.
이럴 때 풍남항 사람들은
저승문이 열리는 중이라고 했다.

몇 년 전에도 그 속 깊은 문으로
장정 둘이 들어가서 다시 나오지 못했다.
사람들이 바다를 샅샅이 뒤져도
문은 보이지 않고
아무 흔적도 남아있지 않았다.

온 천지가 흰 꽃으로 수놓아지면
어니신가 싱어 가락이 흘러나온다며
풍남항 사람들은 몸을 낮추고
움츠리며 집 안으로 숨어들었다.
더러는 구멍가게에 모여들어
생소주를 까다가 언성을 높이고
갈매기처럼 술병이 날아다니고
의자가 심하게 부서지곤 했다.

아무 일도 없었다는 듯

온통 만발한 저승꽃 사그라지면
풍남항에 힘찬 뱃고동이 울리고
배들은 옥죄던 고삐 끈을 당겨
서둘러 먼바다로 작업을 떠났다.

풍남항
―파도가 운다

판식 씨의 가슴에서 파도가 운다.
자신의 파도뿐만 아니라
아버지와 그 형제들의 파도
할아버지와 증조할아버지의 파도가
한꺼번에 밀려와
한밤 내 울기도 한다.

새벽이면 대를 이은 배를 몰고
먼바다로 나간다.
큰 파도들이 잠든 먼바다
배를 몰고 지나가면
그 파도들이 부스스 눈을 뜨며
서서히 출렁거리기 시작한다.

몇 번씩이나 거센 파도들이
배를 삼키려고 덤비기도 하였는데
그때마다 감싸 준 낯익은 파도들
조상님들이 살아계시는 그 바다에서
미역이나 물고기를 한배 가득 싣고
풍남항을 들어온다.

언젠가는 자신도 크게 우는
한 마리 들썩이는 파도가 되어
그 깊고 요동치는 바다를 지켜야 한다는 것을
등대처럼 훤히 꿰고 있기라도 하듯이

풍남항
―붉은발말똥게

가뭄 끝에 내린 소낙비
바다를 나온 붉은발말똥게 한 마리
트럭에 깔려 죽었다.

붉고 큰 집게발에는
쥐고 온 바다 한 조각과
무슨 주의 사항 같은
파도 소리 몇 낱이 함께 으깨어진 채

세상은,
차마 똑바로 걷기 어려워
일부러 두 손 무겁게 들고
옆으로만 옆으로만
눈치 보며
조심조심 걸었는데도

붉은발말똥게는
부서진 껍질을 길에 팽개쳐 두고
다시 바다로 돌아갔다.
다음에는 색다른 방법을 궁리하여
이 세상을 건너볼 요량으로

먹을 만한 시

저번에 베어 먹은 시는 설익어서
모과처럼 쓰고 딱딱하다고 하더니

그제 먹은 시는 껍질을 벗기지도 않았는데
너무 삶아져서 물컹물컹 입맛을 버렸다고 하더니.

오늘 아침 요리한 시는 간이 잘 배어
밥에 얹어 먹기에 안성맞춤이었는데도
감성의 젓가락을 대보지도 않았다.

갈수록 먹을 만한 시가 없다고 하는 그대,
무슨 재료로 어떤 요리를 해주어야
시를 맛나게 먹을 수 있을 것인가.

복숭아 나뭇가지

동쪽으로 뻗은 복숭아나무 가지에
참새 여럿이 앉았다 간다.
박새와 곤줄박이가 앉았다 가고
덩치 큰 물까치가 간신히 앉았다 가고
씨씨씨 뱁새들이 떼로 몰려와
꼭 한 번씩 돌아가며 앉았다 간다.

저녁이 되면
동쪽으로 난 복숭아나무 가지가
남몰래 가만히 휘어진다.
그동안 앉았다 간 새들의 따스함을
하나도 흘려버리지 않고
온전히 떠받들고 있느라.

막내아들

별량뫼 선산에 두둥실
두 개의 봉분을 만들어놓으신
아버지, 두어 해 전
당신의 봉분을 열고 들어가시고
오늘은 어머니를 모시고
산소를 찾았다.

간단한 제를 올리고
사과를 깎아드리는데
자꾸 당신의 봉분을 쳐다보신다.
들어가고 싶은 모양이신지

막내인 나도
따라 들어가고 싶은데
따라 들어가면 퉁 맞을 것 같아
배시시 웃는 내 배냇저고리 한 벌
슬쩍 넣어드리고 싶어진다.
앞가슴에 찰싹 안겨 칭얼거리다
아버지 몰래
쫄쫄 젖도 달게 빨아 먹고
즐겁게 재롱도 응석도 부려달라며

월등 복숭아밭을 지나며

도대체 저 처녀 애들은
어디에서 우르르 몰려나온 것인가

앳된 볼에 뽀얗게 분 바르고
처음으로 서툴게 칠한 붉은 입술,
까르르 자지러지는 웃음소리가
자갈자갈 도로에 깔리네.

산들바람에 빵빵한 앞가슴들
이리 출렁 저리 출렁
달콤한 분 냄새에 취하여
아무리 골목을 돌고 돌아도
나는 늘 제자리

초여름 몰려나온 처녀들 때문에
비탈길에서 속력을 줄이지 못하겠네.
마누라는 조심하라며 연신 종알대지만
무작정 복숭아밭으로 내달려 왔네.

물컥, 한입 베어 물면

내 몸에도 단물이 흠뻑 스며들어
처녀 애들 틈에 끼어들 수 있을까
모든 시름 잠시 꺼두고
한나절 즐겁게 놀아날 수 있을까

유난히 속살이 노란 놈을
슬그머니 집어 든다.

아름다운 폐허

'밝은안과'에 모시기 위해
시골집 들어서면
내 태초의 태 자리,
홀로 늙어가시는 어머니가
웃으시며 반긴다.

지아비 세상 떠난 지 언제인데
큰방 아랫목에 기침하신 양
막내아들 왔다고
고하느라
연신 입술을 달싹거리신다.

채소며 이삭을 풍성히 키워내신
빈 거름 자리.
무성한 잡초 사이로
호박꽃 하나 환하게 웃고 계신다.

밥솥

몇 번 퍼서 먹고 나니

생은 급속히 식어간다.

가장자리부터 조용히 메말라 간다.

혀마저 딱딱하게 굳었다.

운동화 한 켤레

순천 아랫시장에서 산 운동화 한 켤레

아내는 평소 발이 편해야 한다고
유명 브랜드만 고집하며 날 이끌고 다녔는데
어쩌다 시장을 따라다니다 첫눈에 반한
운동화 한 켤레

나를 데리고
동천이나 봉화산 둘레길, 자운영꽃 흐드러진 봄 들길을
아지랑이 와글와글 이끌며 함께 돌아다니겠지.

처음엔 아귀가 안 맞아 불편할 거야
서로 앞뒤 좌우를 맞추다 보면
오랜 지기처럼 서로의 몸이 편해지고 깊은 속내도
이해하게 될 거야

난 비로소 아내 몰래 숨겨 둔 애인을 만난 것처럼
운동화 한 켤레 고이 품에 안았다.

나비 무덤

열 평 남짓 텃밭에 열무 심었더니
어느새 파다한 무꽃
배추흰나비 날아와 즐겁게 노닐다
잠깐씩 꽃에 잎에 쉬었다 간 뒤,
누군가 열무잎을 갉아 먹었는지

구멍이 뚫리기 시작했다.
글쎄 잡은 범인은
잔털이 보송보송한 징그러운 애벌레
놈까지 얻어서 잡아내자
어디서 알고 왔는지 공중을 수놓는
배추흰나비들의 슬픈 난무

이 잡듯이 뒤져 찾아냈더니
하늘을 훨훨 날아보지도 못한
여린 날갯짓들이
애벌레들의 푸르스름한 무덤 위로
질긴 햇살처럼 쏟아졌다.

제4부

백매화

몸 가득 피어난 창백한 울음소리가
너무 무거워
온몸을 흔들어 털어내고 있다.

어깨에 반쯤 그늘을 걸친 그녀가
꽃 속에서 걸어 나온다.
웃는 듯 우는 듯 표정을 가늠할 수 없다.

문득 지나간 그녀의 뒷모습이 휘날리고
그 꽃잎 밟을 때마다
오래 견디어낸 멍울진 세월이
발자국마다 꿈틀거리며 일어서고 있다.

한때 누군가의 가슴속에 스며들어
전부가 되고자 했던 사랑,
참 잘 구워진 질그릇 속에서
휘파람새 한 마리
슬피 울며 훠이 훠이 날아갔다.

팥죽

막 땅의 살가죽을 뚫고 나온
연둣빛 새싹들의 숨소리를 떠먹는다.

시도 없이 가슴 살랑이던 새소리
숨 턱턱 막히던 무더위를
후후 불어가며 연거푸 떠먹는다.

바늘처럼 따갑게 쏟아지던 소낙비
대책 없는 청개구리들의 울음소리
싱거운 반찬으로 두어 번 집어 먹는다.

잘 마른 가을 마당가
시간의 작대기로 탁탁 두들기는 이의
정성과 톡톡 튀어 달아나는
풍성한 웃음소리, 훌훌 들이마신다.

숟가락을 내려놓고 일어서려는데
아쉬움처럼 바닥에 선명하게 내비치는
아직 다 떠먹지 못한 붉은 노을이여.

푸른 시누대

꼿꼿하게 무리 지어 서있는
그대들을 바라보면
누군가의 가슴을 서늘하게 뚫고 지나가는
바람 소리가 난다.

먹물 같은 시대의 어둠을 가로질러
새벽의 찬 이마에 꽂혀
일순 파르르 떠는
빛나는 살들이 보인다.

언젠가 심중에 자신을 명중시키기 위해
쑥쑥 키우는,
고뇌에 찬 기다림의 세월들

사락사락 당겨진 푸른 살들이
세상 한가운데로 무수히 날아가고
하나가 내 가슴 한복판에 곧게 꽂혀
꿈틀꿈틀 살아있게 한다.

여수 집

가끔 여수 집에 간다.
가보면 집은 혼자 놀며 잘 살아가고 있다.
전에는 여수항이 잘 보였는데
뒤꿈치를 들어도 보이지 않고
이따금 뱃고동 소리만 들린다며 투덜댄다.

갑자기 여수 집에서 연락이 왔다.
가보니 대문을 잠그고 두문불출, 한쪽에
잡초들만 무성하게 우거져 있었다.
그 잡생각들을 뽑아내고 집 안을 다독여 주자
긴 하품을 하며 깨어났다.

요즘은 벽화마을로 꽤 유명해져서
여행객들이 대문 앞을 떠들며 지나간다고 좋아한다.
벽화는 저 아래 바닷가 쪽에서 위로
들불처럼 번졌다.
집도 이제 혼자 사는 것이 지겨워지는 모양이었는데
마침 잘되었다 싶었다. 볼에 연지를 찍듯이
시린 옆구리에라도 그림 한두 점 걸어놓고 살면
그런대로 멋있어 보이고

기웃거려 주는 사람도 있어 심심하지 않을 테니까

여수에 자주 못 가서 늘 미안하다.
앞집에 가려진 여수항이나 바라보며
슬픈 짐승처럼 웅크리고 있는 집
온기를 많이 들이고 싶어
가슴에 방을 많이 달고 살아가는 집
사랑이라도 한번 밝게 켜보아야 할 텐데
구경꾼처럼 계단 많은 긴 골목길을 한없이
오르락내리락하는 마음만 성급하다.

소쩍새 울음소리

16년을 함께 산 방울이
새벽 예불 소리, 목탁 소리
땡강땡강 풍경 소리 들으며 지내다가
어느 날 바람처럼 사람으로 태어나라고
성불사 아름드리나무 밑에 고이 모셨는데

봄 지나 이맘때면 뒷산에 날아와
훌쩍훌쩍 초저녁부터 울음 운다.
저도 다시 집에 들어오고 싶다고
뒹굴뒹굴 재롱을 떨다가 함께 자고 싶다고

훌쩍거리는 소리가 창문으로 들어와
거실에 침대 위에 화장실 바닥에
그때의 마누라 눈물처럼
방울방울 떨어진다.

나는 아침이면 마누라 몰래
그 쌓인 훌쩍훌쩍 소리 쓸어 모아
휴지통에 슬그머니 털어 넣는다.

혼魂불

푸른빛 대 빗자루 하나
어두운 밤하늘을
전속력으로 내달리다가
인연의 에너지 다하였는지
치직 부서졌다.

잉걸불 숯덩이 사그라지어
바람에 흩어지듯
마음 하나가
허공에서 부서져
감쪽같이 사라졌다.

지렁이의 죽음을 읽는 법

비 온 뒤 보도블록에 쓰여 있는
해석하기 난해한 상형문자
최대한 간결해진 몸부림들
세상에 마지막 남기고 간 마음이
바싹 말라간다.
결코, 해독이 쉽지 않은 암호 속에서
발견해 내고자 하는 주제는
쨍쨍한 햇살에 자꾸 옅어져만 가는데

길거리에서 직장에서 인터넷에서
서로 마주하는 우리들의 몸짓은
어떻게 읽어 들여야 한지
어떻게 이해하고 해석해야 할지
난감해지는 저녁 무렵

생각해 보면 내가 힘껏 기어서
가 닿은 하루의 끝은
결국, 몇 뼘의 거리였다.

호박

오늘 아침 초록색 우주선 한 채가
덩그러니 왔다.
별을 달고 무럭무럭 오느라
귀 대보면 색색거리는 소리가 났다.

나는 누군가 훔쳐 갈까 봐.
꾸역꾸역 내 몸속에 숨겨 두었다.
배 속에서 드르렁드르렁
우주선 도는 미세한 기계음이 들린다.
나를 태우고 우주로 날아갈까 봐
두 발로 지구를 꽉 붙잡았다.

어지럼증도 없는 내가
오늘따라 자꾸 어질병을 앓는다.

늦은 가을비 반성문

가을비가 하염없이 내린다.
내리는 늦은 가을비를 따라서
또 가을비가 하염없이 내린다.

내리고 내리니
그럼 군소리 말고 함께 내리자고
손에 손을 잡고 덩달아 내린다.

나도 따라서 하염없이 내렸는데
더 내려야 하나 보다 늦게 뉘우치고
또 하릴없이 내린다.

요즘은 반성하고 또 반성해도
반성할 게 왜 이리도 쌓였느냐고
한참을 투덜대다가 반성하며 또 내린다.

판주네 집

냉이꽃 하나
그 옆에도 뒤에도
도란도란 이야기 나누느라
옹기종기 모여 앉아

일제히 활짝 웃는다.
차를 타고 지나가던 봄이
고갤 갸우뚱
빈 판주네 대문 안을 살핀다.

할머니의 오래 앓는 기침 소리
신발짝 길게 끄을며
바삐 걸어 나오신다.

풍진이의 가을

감잎도 붉나무도
불그스레 단풍 드는 가을이었네
수컷을 한 번도 가까이해 본 적 없는
풍진이가
쪼그려 수줍게 큰일을 보는 곳이
스티로폼 꽃들을 더덕더덕 붙이고 서있는
은목서 아래였던가.

그동안 받아먹은 풍진이의
그것에 답하느라
은목서 나름 은은한 향기로
아랫도리 가려주고
밑을 깨끗하게 씻어주는 가을이었네

황룡

노랗게 물든 은행나무
대문 안에 모셔두고 잠든 날은
누런 용이 되어 거침없이
하늘과 인간 세상을 날아다니는 꿈꾸네.

바람도 없는데 회오리치는 비구름
잘 물든 금 비늘 뚝뚝 흘리며
유유하시는 황룡 한 분
뒤따라 무한천공 신나게 날아다니다가
한순간 지붕 위로
팔랑팔랑 떨어져 내리는,

참 맑은 샘물 같은
첫닭 우는 이른 새벽녘

귀 밝은 풍진이가 컹컹 짖으면
아무 일도 없었다는 듯이
대문가에 우두커니 서계시네.
여름내 무성했던 악귀 잘라내던
잘 익은 금도끼 무더기로 흩뿌려 놓고
하늘로 귀를 열고 계시네.

11월,

알밤 세 개를 오래 품다가
다 토해 낸 밤송이,

깡말랐다.
온 삭신이 삭아서 부서진다.

자주 찾지도 안부 전화도 없는데
튼실한 알밤들 생각하면

그저 고마워서
헤벌쭉 웃고만 계신다.

풍남항
—바다 시인에게

검은 이불을 덮고 잠들려고 하는 나는
항구 쪽에 불 하나 켜두고 시를 쓰고 있는
너에게
간간이 휘파람 소리를 보내곤 한다.
큰 이불이 출렁거릴 때마다
별빛 켜지듯 등댓불이 깜박이고, 잊은 것들이
까무룩 하게 되살아나곤 한다.

시에 적혀 있는 내용이 자꾸 흐려지는 날들이다.
힘차게 헤엄치는 고기 떼보다 사랑할 게
훨씬 많아지는 날들이다.

생은 개어졌다 펴지고 개어지는 푸른 파도
그 속에 감춰둔 것들이 암호처럼 드러날 때마다
철썩철썩 추억의 한 모서리가 닳아 없어지고
상처를 꿰맨 시들이 파닥이는 소리를
멀리서 듣는 밤이
또 한 장 슬그머니 넘겨지고 있었다.

풍남항
—밤바다

시커멓고 괴물같이 큰 물고기 한 마리
깜박이는 불빛 두어 개 등에 매달고
밤새도록 앞바다를 지나가고 있었다.

크렁크렁 싱싱하게 앓는 소리를 내면서
어제도 그제도 수십만 년 전에도
풍남항 앞바다를 지나가고 있었다.

대대로 항구에 모여 살던 이들은
나이 들어 차례로 하늘로 올라가서
곧 쏟아질 듯 주먹만 한 별들이 되어
아름다운 별자리를 이루며 맴도는데

내일도 모레도 수천 년 후에도
해가 뜨고 달이 지거나 말거나
커다란 물고기 검은 등만 드러낸 채
쉼 없이 헤엄쳐 지나가고 있었다.

영혼의 울림, 그 소리의 현상학
—이상인 시의 의미

김경복(문학평론가, 경남대 교수)

생의 감각을 깨우는 운명의 소리

한 시인의 시 세계를 음미하는 방법은 다양할 것이다. 시인들은 저마다 독특한 감각과 질료로 자신의 풍경을 구축하고 있을 터이니, 그 시인의 중심부에 이르기 위해서는 독자역시 그 시인의 특이한 감각에 민감하게 반응할 수 있어야한다. 시인의 예민한 감각이 번득이는 시의 풍경 위로 독자의 섬세한 감각이 스치고 지나갈 때, 진정한 의미에서 시는광휘와 향기를 발산하고, 독자는 제 삶과 운명의 살찌는 소리를 듣게 된다. 이른바 감각의 향연을 통한 생의 체득이 시적 만남을 둘러싸고 이루어지는 것이다. 그것이 우리가 바라는 독서의 궁극이 아닐까?

　그런 관점에서 시의 본질을 생각해 볼 필요가 있다. 시의 본질은 논자마다 다양하게 거론될 것이지만, 변하지 않는 하나의 사실은 시란 인간의 감정이나 사상을 언어로 표현한다는 점이다. 여기서 인간의 감정이나 사상을 표현한다는 것은 제 존재성을, 그것이 비록 역사적 맥락이든 존재론적 맥락이든 자기라는 존재가 이 지상에 살아있는 실체로서 존재함을 시어로 확인한다는 의미다. 그때 존재성을 담아내는 시어는 생의 구체성을 드러내주는 감각의 실체로 시 속에 자리한다.

　그에 따라서 우리는 이렇게 말할 수 있다. 문학에 등장하는 존재, 혹은 존재성은 감각이다. 감각이 바로 존재인 것이다. 우리의 존재성을 증명할 마지막이고 절대적인 그 무엇이 있다면, 그것은 우리 몸이 느끼는 감각이야말로 그것에 합당한 것이다. 이로 인해 감각의 명료성과 풍부성은 제 존재성을 뚜렷하게 드러내줄 유일한 시표가 된다.

　이 감각에 시의 가치와 아름다움이 있다는 점을 깨닫게 되는 순간, 우리는 이상인 시인의 이번 5시집이 갖는 특징과 의의를 이해할 수 있고 음미할 수 있다. 특이하게 이번 시집만이 아니라 지난 4시집 『툭, 건드려주었다』부터 그의 시적 세계를 질러 오면 우리는 도처에서 울리는 '소리'를 듣게 된다. 아니 '발견'하게 된다. 청각적 심상에 집중된 그의 시적 특성이 우리의 내면에 천천히 침전되면서 잠들어 있는 영혼을 일깨우는 것을 목도하게 된다. 시인 김광섭이 뇌

출혈로 쓰러졌다 일어나 다시 살아난 기쁨을 "기슭에는 채송화가 무더기로 피어서/ 생의 감각을 흔들어 주었다"고 표현한 「생의 감각」처럼, 이상인 시인의 청각적 독특성이 반영된 작품들은 존재의 심층을 뒤흔들어 매우 기이한 울림을 준다.

우리는 그 소리에 공명되어 한동안 정신을 잃고 헤맬지도 모른다. 마치 바다 위를 항해하다 아름다운 노랫소리로 사람들을 꾀는 저 세이렌의 신비에 사로잡힌 것처럼, 그리하여 아무 행동도 할 수 없는 얼음이 되어 꼼짝없이 저 심연의 세계로 가라앉아야만 하는 선원들이 된 것처럼 말이다. 그러나, 그럼에도 불구하고, 우리의 영혼이 살찌는 소리를 듣기 위해서 천지에 가득 찬 채 기이한 소리로 울리는 이상인 시인의 시 풍경 속으로 들어가 볼 일이다.

이상인 시인의 이번 시집을 열고 들여다보면, 그리고 그것을 찬찬히 여러 번 읽어보면 어느새 우리들 몸 안에 여러 소리가 쌓여 울리고 있음을 발견하게 된다. '웬 소리가 이렇게 많지?' 하고 되새기는 순간 그 소리들은 이미 우리들 몸을 공명통 삼아 증폭되어 울리면서 여지없이 생의 어지러움 내지 존재의 멀미를 경험하게 한다. 그래서 내지르는 소리, '이것이 도대체 뭔 일이다냐?!'

남도의 가락처럼 철철철 흘러넘치는 소리의 향연에 둘러싸여 감미롭기도 하고, 애처롭기도 한 감상에 젖어있다 보면, 눅눅한 한 세월이 문득 눈앞에 스쳐 지나감을, 잔잔하고도 선연한 한 생애가 귓가로 흘러가고 있음을 느낀다. 시가 한 생의 이야기를, 그 절절한 존재성을 이미 다 말해 준 것 같아 무심해진 상태로, 그야말로 하염없는 자세로 한낮의 적막을 바라보게 되는 것이다. 그래, 고요한 울림은 몸으로 느끼는 것이기도 하지만 이렇게 처연히 바라보는 것이기도 하구나. 원초적 생각을 마구 불러내는 이상인의 시적 울림 소리는 이렇게 시작된다.

깊고 캄캄한 동굴 속에서
간헐적으로 울려 나오는 울음소리
천장에 고드름처럼 거꾸로 자라는 잠을
뚝뚝 녹아 떨어져 내리게 한다.

한 울음소리가 여러 개를 데리고 나오고
저마다 크고 작은 동굴이 텅텅 울려
밤 한가운데 울음의 낟가리
무더기로 쌓아 올린다.

우렁우렁 덩치를 살찌우며 살아온 것이
텅 빈 동굴 하나 파내는 일이었다니
끝내는 그 궁륭을 되울려 나오는
자신의 목소리, 처연하게 듣는 것이었다니
　　　　　　—「소 울음소리」(『툭, 건드려주었다』) 전문

둥근 무쇠 솥뚜껑을
연신 들썩이는

울음소리의 의미를 알 것도 같다.

뜨거운 입김을 씩씩 불며
도대체 하고 싶은 이야기가 구름 책
몇 권 분량인가.

…(중략)…

워, 워, 소리쳐도
멈추지 않는 시간의 그림자
지푸라기 같은 질긴 인연을 되새김하던
수많은 나날의 지워지지 않는 생채기여.

장작불은 질기고 모진 혓바닥으로
꾹꾹 밟아온 생애를 뜨겁게 핥아대고
비로소 고삐 풀린 바람이
울음 없는 울음소리, 둘둘 말아
먼 길 떠난다.

—「사골」 부분

    소리의 본질은 울림이다. 울림은 울음이다. 그 사실을 깨닫게 해주는 내용이 묘하게도 "소"와 관련하여 이상인의 지난 시집과 이번 시집에 걸쳐 나타나고 있다. 이 시들의 전언은 소의 울음소리가 갖는 의미에 집약되어 있다. 이 울음소리는 「소 울음소리」에서는 "우렁우렁 덩치를 살찌우며 살아온 것이/ 텅 빈 동굴 하나 파내는 일이었다니/ 끝내는 그 궁륭을 되울려 나오는/ 자신의 목소리, 처연하게 듣는 것이었다니"로, 「사골」에서는 "둥근 무쇠 솥뚜껑을/ 연신 들썩이는/ 울음소리의 의미를 알 것도 같다"로 표현됨으로써 '제 삶에 대한 자각'의 의미를 획득하고, 그 결과 끝내 고통스레 죽어야만 된다는 슬픔을 드러내고 있다. 이 시들 속에서 자기 삶에 대한 자각은 슬픈 것으로서 울음소리로 당연히 나타날 수밖에 없는 것이지만, 문맥을 가만히 다시 읽어보면 시인은 이 표현 속에 울음소리는 제 삶에 대한 자각을 넘어 '울음으로 운명에 부응한다'는 의미를 덧보태고 있다. 몸의 울림인 울음에 의해 제 삶의 의미를 깨닫고, 깊이 울음소리를 냄으로써 제 존재의 운명에 부응한다는 뜻이랄까. 이는 자기의 실존적 정체성을 깨닫게 되었다는 의미일 것이다. 그에 따라 우리는 왜 소인가, 왜 울음소리인가? 하는 것으로 이 시들에 대한 궁금증과 의문을 제기할 수 있다. 이것을 풀이내기 위해서는 이 시인의 심중에 이는 많은 고뇌와 각오, 분노와 체념의 파랑을 헤쳐 나와야 하리라. 얼마간 이상인 시인이 그리고 있는 소리의 특성이 무엇인지, 그리고 그것이 무엇을 의미하는 것인지를 알기 위해서는 이상인 시인의 내밀한 마음자리를 조금 에둘러 가볼 필요가 있을 것이다.

소와 관련하여 우리는 그의 이순耳順이 다 되어가는 나이와 고향 담양이 갖는 상징으로 그 함축적 의미를 짐작해 볼 수 있다. 즉 시골에서 소를 중심으로 이루어지는 농경문화

체험이 그의 의식과 무의식에 깊이 각인되어 있었을 것임을 미루어 짐작해 본다면, 그에게 소는 어질게 주인이 시키는 대로 일하다가 마지막엔 제 살과 피, 그리고 뼈까지 사람들에게 주고 한 생애를 마치는 순한, 참으로 순해 스스로 제 죽음을 받아들이는 순명順命의 짐승으로 보였을 것이다. 그리하여 한 생애의 운명이 비록 고통스럽다 하여도 그대로 그것을 받아들이는 대상으로 "소"를 떠올리게 되었을 것이고, 상상력의 확장을 통해 소와 같이 땅에 붙박혀 살다 간 농부로서 아버지, 어머니의 생애를 상상했을 터이고, 더 나아가 자신을 비롯해 고통받고 사는 이 시대의 모든 존재자들의 운명을 소로 표상했을 것이다. 그에게 "소"가 갖는 상징성은 생래적 차원에서 발생하여 사회 역사적 차원으로 확대되어 꽤 깊고 큰 진폭을 가지게 되는 것으로 볼 수 있다.

그렇지만 이 시들에서 역시 문제적인 것은 울음소리가 갖는 상징성이다. 이상인 시인에게 울음소리는 무엇일까? 위 시들에서 울음소리는 분명 제 삶에 대한 자각이거나 제 운명에 대한 부응의 의미를 갖고 있었다. 이것을 보다 더 잘 알게 해주는 단서는 이번 시집에 실린 「매미」에 나타나고 있는 것 같다. 시인은 이 시에서 "순천역 앞 나무 그늘,// 누구나 평생 울어야 할 일을 한 가지씩은 갖고 태어난다는 듯이// 날마다 울어야 할 일을 곰곰이 되새겨 보며// 앞으로 죽을 때까지 울어야 할 울음은 또 얼마나 남았는지 가늠해 보면서// 기적 소리도 쟁쟁하게 운다"(「매미」)라고 매미의 울음소리를 노래하고 있다. 시 속의 매미의 울음소리는 "누구

113

나 평생 울어야 할 일을 한 가지씩은 갖고 태어난다"의 표현에서 드러나듯이 운명, 즉 제 운명에 대한 자각 내지 부응의 의미로 실현되고 있다. 이는 제 운명을 알게 되는 존재는 '끝내 참지 못하여' 특유의 소리로 울게 된다는 의미일 것이다. 제 몸통이 갖는 공명통의 크기와 질료의 특성에 따라 우는 고유한 울음이 제 운명을 알았다는 자각의 표시이자 운명에 부응하겠다는 의지적 행위라는 뜻일 것이다. 그 점에서 '쟁쟁하게 우는 기적소리'를 내는 기차도 이상인 시인에게 하나의 고유한 운명을 지닌 존재로 다가오는 것은 당연한 일이다.

이러한 점을 전제하면 「소 울음소리」와 「사골」은 여러모로 달리 해석되는 부분이 발생한다. 우선 삶은 제 존재성을 드러내기 위한 공명통의 확장 과정이다. 「소 울음소리」에서 그것은 "우렁우렁 덩치를 살찌우며 살아온 것이/ 텅 빈 동굴 하나 파내는 일"로, 「사골」에선 "둥근 무쇠 솥뚜껑을/ 연신 들써이는" 것으로 제시되고 있다. 제 고유의 울림 소리를 지니기 위해 제 몸통, 그리고 그에 대응되는 파동의 공간을 상상하고 있는 것이다. 살아있는 소는 몸과 동굴을 제 운명의 소리를 내는 공명통으로 삼고 있고, 죽어서야 존재성을 드러내는 소는 뼈와 둥근 솥을 제 운명의 공명통으로 상정하고 있다. 두 존재의 대비는 물론 그 삶의 과정으로서의 공명통의 대비는 참으로 재미있는 발상이자 기발한 비유다. 이 두 개의 울음은 그 울림 틀과 재료가 다름으로 인해 그 소리에 차이가 있을 것이 전제되나, "소"라는 대상의 연속성으로 인해 일정한 의미를 공유하고 있다. 즉 소라는 존재는 타자를 위해 자신을 헌신하고 희생하는 운명적 존재라는 의미를 일정 부분 내포하고 있는 것이다. 그리고 공명이 일어나는 운명의 공간을 "동굴" "솥 안"이라는 밀폐된 곳으로 모두 설정함에 따라 존재는 끝없는 고통에 처단되어 있다는 의미도 공유하고 있다. 이에 따라 이 두 편의 시는 비장하면서도 숭고한 감정을, 즉 "자신의 목소리, 처연하게 듣는 것이었다니"에서 볼 수 있듯이 표면적으로는 처절하지만 끝내 자신의 삶과 운명에 수긍할 수밖에 없음에 의해 발생하는 아름다움의 감정을 느끼게 한다. 시가 주는 감각의 구체성이 복잡성으로 화해 우리의 정신을 어지럽게 하고 홀리게 하는 것이다.

그리하여 청각을 통한 이 운명의 자각이나 부응은 이상인의 다른 시에서, 가령 "판식 씨의 가슴에서 파도가 운다./ 자신의 파도뿐만 아니라/ 아버지와 그 형제들의 파도/ 할아버지와 증조할아버지의 파도가/ 한꺼번에 밀려와/ 한밤 내 울기도 한다"(『풍남항─파도가 운다』)에서는 어부의 운명이 '파도의 울음'으로 전화되고, "도대체 그대가 가지고 있는 것으로는/ 얼마나 멀고 깊은 울음을 보여 줄 수 있을 건지"(『천둥』, 『툭, 건드려주었다』)에서는 "멀고 깊은 울음"으로 천둥의 운명이 예각화되고, "단 한 번의 밀어줌으로/ 간단없이 급한 비탈의 경계를 넘어/ 다음 생에 당도한 바위 조각,/ 거기서 또다시/ 누군가 툭 건드려주는 일이 또 생길 듯이/ 깊은 꿈을 꾸듯 기다려야 한다"(『툭, 건드려주었다』, 『툭, 건드려주었다』)에서는 행위를 통한 소리의 공명, 즉 "툭"이라는 소리의 울림을 통해 우주적 신비로 확대되고 있다. 이러한 청각적 이미지들은 운명과 관련된 우주적이고도 신비한 세계관을 드러내주는 기제다. 이상인 시가 우주적이라는 점은 그의 4번째 시집 『툭, 건드려주었다』의 해설에서 시인 염창권이 이상인 시의 특성을 연기적緣起的 그물과 관련된 우주적 상상력으로 해명한 것에서도 확인할 수 있다.

영혼을 부르는 소리와 반성적 의식

이러한 내용과 시적 감각은 결국 무엇을 말하는 것일까? 그것은 우리가 일상에서 대하는, 또는 일상에 붙잡혀 있는 감각이 우리의 인식의 틀을 굳어버리게 하고, 생의 진실에 눈멀게 했다는 것을 일깨워 주는 것은 아닐까? 피상적 감각과 인식은 세계의 본질을 단선화하고 왜곡한다. 그럴 때 필요한 것은 감각의 활성화와 재생이다. 김광섭 시인이 말했던 '생의 감각'을 다시 몸과 영혼에 새기는 일이다. 그럴 때 새로 생기는 감각은 근대 산업자본주의 사회가 제공하는 감각적 표상과 같을 수는 없을 것이다. 아마 삶과 운명의 실체를 새롭게 감지할 수 있는 감각적 소여를 제공하지 않을까? 이 경우 그것을 종교적 사상과 감각이라 불러도, 기타 우리의 무속적 인식과 감각이라 불러도 다 괜찮을 터이지만, 심층을 가로지르는 단 하나의 실체를 이른다면 영혼,

바로 그것 아니겠는가.

이 영혼의 눈뜸에 이상인 시인은 청각을 특권적 상상력으로 발동하고 있다. 다시 말해 영혼을 일깨우는 권능을 울림소리로 특화하고 있다. 그의 상상력에서 소리의 울림은 울음으로 승화되면서 세계의 본질과 삶의 실체를 인식하는 하나의 지표로 작용할 뿐 아니라 영혼을 부르고 영혼이 내지르는 표지로 작동하고 있는 것이다. 그때 이상인의 울음소리는 그 얼마나 기이하고 황홀한 세계 인식의 표지가 되고 있는가! 다음 시를 보면 이를 잘 알 수 있다.

> 저 논솥이 무량하다.
> 몇 날 며칠을 끓어 넘쳐도 끄떡없다.
> 일평생 그대와 나누었던 솥도
> 저와 같은 것
> 슬픔도 아픔도 기쁨도
> 한 솥에서 팍팍 끓어, 넘쳐서
> 아름다운 한세상 이루었다.
>
> —「개구리 울음소리」 전문

이 시의 아름다움은 한두 마디로 규정될 수 없다. 보면 볼수록 영혼의 일렁임이 느껴져 신비하고 처연해 말로 다 할 수 없는 시적 여운을 남긴다. 이 시를 단순하게 이해하는 차원에서 본다면, 시적 내용은 시골 논에서 쟁쟁하게 울어대는 개구리 울음소리를 표현하면서 이것이 우리들 삶의 슬픔, 아픔, 기쁨을 다 담아낸 것과 같아 시적 화자는 이를 아름다운 한세상, 아름답고 슬픈 한 생애임을 느꼈다는 정도일 것이다. 이 단순한 해석에도 그 의미의 깊이가 배어있지만, 무엇보다 재미있는 것은 자신의 운명을 결정짓는 장소, 즉 자신의 울음소리를 결정짓는 공명의 장소를 "논솥"으로 표현하고 있다는 점이다. 솥은 이미 앞의 「사골」이란 시에서 보았듯 자신의 운명을 고통스럽게 대면하는 공간이다. 운명 그 자체가 고통과 핍박으로 주어져 있다는 것을 의미한다. 따라서 개구리가 살고 있는 논을 이상인 시인이 "논솥"으로 상상한다는 것은 이미 개구리도 제 울음소리를 절규처럼, 단말마처럼 내질러야만 하는 '솥 안에 갇힌 가여운 운명적 존재'라는 것을 드러내고자 하는 의미인 셈이다. 참으로 울음 우는 존재에 대한 강박적 발상이라 하지 않을 수 없다. 그러나 강박적 울음을 우는 존재가 결국 자신의 운명을 수긍하고 체득함에 따라 "아름다운 한세상 이루"게 되는 역설이 이상인이 본령, 이상인 시의 진경이라 하지 않을 수 없다. 이러한 생각에 이르기까지 시인 또한 얼마나 많이 내밀한 소리로 울어 제 삶을 정화해야만 했을까.

그렇지만 이 시의 신비는 여기에 그치지 않는다. 이 시의 황홀함은 개구리 울음소리를 "슬픔도 아픔도 기쁨도/ 한 솥에서 팍팍 끓어, 넘"치는 것으로, 즉 청각적 대상을 시각이나 촉각적 현상으로 전이하여 표현하는 점에 있을 것이다. 감각의 전이는 흔히 공감각이라 말하는 것이지만 이는 일상적 인식을 갖고 있는 사람들은 생각할 수 없고, 이해되기

어려운 현상이다. 그것은 부정적으로 감각의 착란이라 부를 수도 있지만 긍정적으로 볼 때는 대상에 대한 새로운 감지를 통해 경직되고 일면적인 감각, 그 고정적 인식을 깨뜨리고 감각의 활성과 재생의 의미를 갖는다. 즉 이것은 '영적 감각으로의 확산'이란 의미를 갖는다. 이상인 시인에게 개구리 울음소리가 끓어넘치는 사물로 감지되고 의식화되는 것은 앞의 시들에서처럼 운명을 자각하고 그 운명에 부응하는 것으로서 울음소리의 의미를 표현하는 것도 있겠지만, 여기서는 그것보다 감각의 착란에 따른 영적 황홀의 감각, 즉 영혼이 일렁이는 감각을 통해 운명의 문제는 곧 영혼의 문제라는 점을 말하고자 하는 데에 있는 것이다. 이러한 해석은 세계의 모든 사물의 본질이나 운명의 실상이 이상인 시인에게 청각적 질료로 감지되거나 인식되어 들어오고, 그것은 곧 영혼의 눈뜸으로 전화된다는 말이 된다. 특히 영혼과 관련된 우주적이고 운명적 세계에의 관심과 추구는 이상인에게 더욱 소리의 울림을 통한 이미지로 체득되고 형상화된다고 볼 수 있는 것이다.

이번 시집을 찬찬히 살펴보면 이를 알 수 있다. 실제 시인은 소리에 예민한 모양이다. 그의 시집 도처에 청각적 심상이 박혀 있어 소리로 세계를 인식하는 것처럼 보인다. 모든 세계의 물질성이 소리로 환원되는 느낌마저 준다. 가령, "새벽이면 고택들의 큰기침 소리/ 고즈넉한 시간이 층층이 내려 쌓여/ 화석처럼 굳어진 돌담들// …(중략)…// 새소리, 바람 소리, 물소리/ 햇살이 몽글게 부서져 내리는 소리까지/ 가벼워진 두 어깨를 토닥거린다"(『창평 삼지내 돌담길』)는 시 구절을 보면 일상적 "새소리, 바람 소리, 물소리"를 비롯하여, 고택들의 존재성을 "큰기침 소리"로 파악하고, 더 나아가 햇살이 지상에 닿는 감각을 시각이나 촉각으로 감지하지 않고 "햇살이 몽글게 부서져 내리는 소리"로 감지하고 있다. 더 나아가 이 세계를 구성하는 사물의 형상성과 존재성을 "그 여자의 연두색 목소리가 피어났다"(『춘설』)거나, "훌쩍거리는 소리가 창문으로 들어와/ …(중략)…/ 방울방울 떨어진다"(『소쩍새 울음소리』)로 표현하여 청각적 대상을 시각화하고, 백매화를 "몸 가득 피어난 창백한 울음소리"(『백매화』)로 표현한다든지, 또는 "연둣빛 새싹들의 숨소리를 떠먹는다"(『팥죽』)고 말함으로써 시각과 미각의 대상을 청각화함으로써 청각과 관련된 감각의 전이 내지 황홀한 착란을 불러오게 하고 있다.

이러한 공감각의 기법은 보들레르가 일찍이 보여 준 수법이긴 하나 모든 대상과 간가이 청각적 현상으로 집중되게 함으로써 어떤 특별한 의미를 발생케 하는 것은 이상인 시인만의 고유한 특성이라 할 수 있다. 이상인 시에서 청각은 시적 상상력의 독특한 매력을 발산하는 것으로서 피상적 현상 너머의 실체, 곧 삶과 존재의 진실을 의미하는 영적 존재에의 감응을 가능하게 하는 감각으로 등장한다. 즉 영적 현상에 감응하고 영혼의 소리를 통해 자신의 운명을 계시할 수 있는 이미지로 청각적 이미지가 형성된다는 것이다. 여기에 이상인 시의 특권적 이미지가 존재하게 되는 것이다.

그것을 잘 보여 주는 작품은 다음과 같은 것들일 것이다.

좀 더 나은 세상을 바라며
죽어서 차례로 푸른 봉우리가 되어갔던
담양의 고조할아버지들과 그 아들의 아들의
맑은 혼을
하나둘 호명하여 불러내듯이

그 방울새 울음소리는
백 년에나 한 번씩 피었다 진다는 대꽃만큼이나
섧고 가슴 저렸다.
　　　　　　　―「금성산성 방울새 울음소리」 부분

오래 죽었다가도
천둥 번개에 빗줄기 스치면
너도나도 되살아난 귀들이 귓바퀴를 열어제치고
하늘의 목소리를 듣는다
　　　　　　　―「목이전木耳傳」(『툭, 건드려주었다』) 부분

이 두 편의 시를 읽어보면 울음소리는 영혼의 소리이자 하늘의 소리이고, 우리는 울음소리를 통해 영혼을 불러낼 수 있다는 것을 알게 된다. 이 시들에서 소리는 소통이자 영혼의 울림에 대한 공명이다. 「금성산성 방울새 울음소리」에서 "방울새 울음소리는" "담양의 고조할아버지들과 그 아들의 아들의/ 맑은 혼을/ 하나둘 호명하여 불러내"는 구실을 한다. 시적 화자는 방울새 울음소리를 통해 혼의 울림을 느끼고 거기에 같이 공명함으로써 그 의미를 깨닫는다. 「목이 전木耳傳」에서는 천둥의 (울음)소리를 통해 "하늘의 목소리를 듣는다". 하늘의 목소리는 물론 지상의 시적 화자로 하여금 제 존재의 운명을 깨닫게 하는 영혼의 소리일 것이다. 이 시들에 와서 소리는 운명이자 영혼의 표지가 된다. 영혼의 표지가 이마의 중앙에 찍혀 있다는 종래의 시각적 상상력에 대해, 이상인 시인은 그것이 목소리에 맺혀 있다고 청각적 상상력의 새로움을 주장하고 있는 것이다.

이와 관련하여 한 감각의 연구자의 말을 되새겨 볼 필요가 있다. 알베르트 수스만이란 사람은 『영혼을 깨우는 12감각』에서 소리와 관련된 청각을 두고 "청각은 원초적 기능에서 출발하여 정신적 차원의 기능을 수행한다. 현세적 삶의 기반에서 높은 차원의 세계, 즉 우주를 향한 정신세계로 도약하는 것은 소리를 경청함으로써 가능하다. 왜냐하면 청각은 지상의 물질적인 것이 지상으로부터 해방되어 정신적인 차원으로 고양되는 곳이기 때문이다"라고 말한 바가 있다. 수스만이 언급하는 청각의 상징적 기능은 정확히 이상인 시의 특성을 해명하는 것에 해당한다. 원형적原型的 차원에서 소리는 영혼의 존재와 그 고통을 파악하는 단 하나의 지표로 작용하는 것이다. 이상인 시인은 이번 시들에서 이러한 심원한 원형성에 기대어 상상력을 전개시키고 있다. 이러한 청각적 상상력의 발동을 통한 영적 울림은 우주적 인식으로 확산되어 "달에 눈물 자국이 선명하다 때론 달도/ 뒤돌아서서/ 남몰래 눈물을 흘리고 싶을 때가 있는 거다// 그 눈물이 달을 키운다"(「열하루 밤의 달」)에서처럼 인간 스스로가 달의 생명과 영혼에 공명하는 존재, 필연적으로 죽음에 이를 수밖에 없어 눈물과 슬픔으로 자라는 존재가 됨을 깨닫게 한다. 범신론적 차원의 거대한 정령 세계의 일원으로 눈물과 한이 우리의 영혼을 살찌우는 것임을 알게 하는 것이다.

따라서 이러한 영적 소리는 늘 나의 무기력하고 삭막한 현실적 삶을 문제 삼고 질타한다. 모든 사물들이 이상인 시인의 의식 속에서 소리로 변해 삶의 존재성을 구성하는 토대로 작용한다. 소리가 그의 존재성을 증명하는 질료가 되는 것이다. 다음 시편들이 이를 잘 보여 준다.

눈이 시리도록 흰 살결 속에서
살짝 쳐진 눈초리를 치켜세우며

도대체 그대는 무슨 물건인고!!

버럭 호통을 치는 선사처럼
한순간 오가는 이승과 저승길
한 가지로 꿰뚫어 보는 듯한
백두산 호랑이들의 거친 숨소리 들리데.
　　　　　　　　　　　　　　—「자작나무의 눈」 부분

가을비가 하염없이 내린다.

내리는 늦은 가을비를 따라서
또 가을비가 하염없이 내린다.

내리고 내리니
그럼 군소리 말고 함께 내리자고
손에 손을 잡고 덩달아 내린다.

나도 따라서 하염없이 내렸는데
더 내려야 하나 보다 늦게 뉘우치고
또 하릴없이 내린다.

요즘은 반성하고 또 반성해도
반성할 게 왜 이리도 쌓였느냐고
한참을 투덜대다가 반성하며 또 내린다.

　　　　　　　　　　　　—「늦은 가을비 반성문」 전문

　두 편의 시는 현실적 삶의 무의미함과 무기력힘에 대힌 반성적 자의식을 보여 주는 내용이다. 그런데 그 비판적 자의식의 내용은 모두 청각적 현상으로 제시된다. 「자작나무의 눈」에서는 백두산 자작나무의 눈이 "도대체 그대는 무슨 물건인고!!" 하는 '버럭 호통'으로 현현된다. 삶의 의미를 찾지 못하고 방황하는 자신의 삶에 대한 영적 반응이 저와 같은 청각적 호통 소리로 발생하고 있음을 표현하고 있는 것이다. 이 점은 「늦은 가을비 반성문」에도 마찬가지다. 가을비가 내리는 현상에서 시적 화자는 자신의 무료한 삶에 대한 반성을 시각이나 촉각의 형상으로 의식하기보다 "요즘은 반성하고 또 반성해도/ 반성할 게 왜 이리도 쌓였느냐고/ 한참을 투덜대"는 청각적 형상으로 의식하고 있다. 모두 현실적 불모의 감각과 인식을 쇄신하는 하나의 방법으로 청각이 동원되고 있고, 이는 현실적 삶에 대한 영혼의 개입을 상징하는 것으로서 삶의 진정성을 추구하는 의미를 띤다.

때문에 이상인 시에서 소리를 통한 영혼에의 공명은 물질적 현실에 사로잡힌 현실적 자아를 여지없이 비판하는 것이 된다. 특히 이러한 비판적 자의식 역시 영혼의 소리로 들려오는 셈이 되는 것이다. 가령, "붉은 뻐꾸기가 울다가 떠난 밤이다.// 화단의 꽃나무들을 깨우며 점점 커지는 당신의 목소리// 창문을 두들기다 끝내는 처마 끝에서 폭포수처럼 쏟아지던 환한 외침// 한참을 지난 뒤에야 비로소 깨달았다.// 밤낮으로 잠들어 있지 말고 항상 깨어있으라는 당신의 전언"(「태풍」, 「툭, 건드려주었다」)에서 보듯 태풍은 "밤낮으로 잠들어 있지 말고 항상 깨어있으라는 당신의 전언"으로 들려와 경직되어 가는 나의 존재성을 일깨운다. 이에 따라 영혼의 울림에 의한 반성적 의식은 비록 청각적 이미지를 동반하지 않더라도 이상인 시의 중요한 한 주제로 서게 된다. 가령, "독자들이 나를 읽다가 무의미함을 느끼면/ 두 손바닥을 마주 대듯 접어서/ 먼지 포근히 앉은 생의 뒤쪽 서가에 꽂아놓고/ 더 치열하고 참신한 신간을 요구한다"(「나를 읽는 독서대」)에서 보듯 생의 치열성이 부족한 자신의 삶에 대한 자아비판을 하거나, "묵직하게 얹어놓은/ 그 단단한 미움 덩어리 하나/ 이제 생의 저 밑바닥에/ 그저 가만히 내려 놓을 때가 되었네"(『입춘 동천』)에서 보듯 세속적 욕망이나 번 뇌에 휩싸여 살아가는 자신을 반성하는 모습을 보여 줌으로 써 영혼의 울림이 그의 삶의 중심임을 드러내고 있다. 이러 한 반성적 인식은 모두 영적 울림에 의해 형성된다는 점에 서 모두 청각적 상상력의 자장 안에 놓여 해석될 수 있다.

영혼의 거처로서 고향과 실존적 정체성으로서 장소

이러한 영적 울림을 통한 반성적 의식은 자신의 실존적 정체성에 대한 사색과 탐구로 이어져 자신의 정체성을 형성 했던, 혹은 형성하는 장소성의 의미 파악으로 이어지게 된 다. 익히 아는 『장소와 장소상실』의 저자 에드워드 렐프의 말대로 자신의 영적 거처로서 장소는 바로 자신의 실존적 정체성을 드리네주는 표지리 힐 수 있다. 이잉인 시인에게 그러한 영적 울림의 장소성을 지니고 있는 것은 바로 그의 고향 전남 담양의 장소들, 즉 담양을 떠올리게 하는 이미지 와 정서들이다. 고향을 떠나 오래 외지에 떠돌아다녔어도 담양은 그의 의식과 무의식에 각인된 영적 일렁임으로 존재 한다. 다음 시가 바로 그와 같은 것이지 않을까?

두 분이서, 징검징검 건너오세요.
슬픔과 기쁨이 졸졸 흘러가는 소리를

배경음 삼아 건너다 보면
자신이 추억 속에 서있다는 것을
서서히 깨달으실 겁니다.

그 중간쯤 살짝 멈추세요.
잠시 생각들은 호주머니에 넣어두고
죽녹원에 둘러선 푸른 대숲과
관방제의 싱싱한 나무들을 둘러보세요.
마음이 차분하게 사각이기도 하고
방금 메타세쿼이아 길을 질러온 바람의
새근거리는 숨결이 느껴지시지요.

차츰 당신은 안개 걷히듯
볼 수 없었던 것들을 보게 될 것이고
정말 하찮게 느껴졌던 것들이
귀중하게 생각되실 것입니다.

두 분이서, 앞서거니 뒤서거니
징검징검 밟고 건너가세요.
누구나 꼭 한 번은 건너가야 할
생의 아름다운 징검다리입니다.
　　　　　　　　　　—「관방천 징검다리」 전문

　이 시의 아름다움은 일차적으로 밝은 이미지와 어조에
서, 이차적으로는 친숙한 사물과 장소의 이름에서, 삼차적으로는 "두 분이서, 징검징검 건너오세요"에서 느껴지는 사랑의 매혹에서, 그리고 마지막으로는 "누구나 꼭 한 번은 건너가야 할/ 생의 아름다운 징검다리"의 신비한 운명과 영혼의 울림에서 발생한다. 생각건대 "관방천 징검다리"는 아마 담양 어느 시냇가에 놓여 있는 징검다리의 이름일 터인데, 지금 이 다리가 있는지 없는지 그것이 중요한 것이 아니라 시적 화자의 추억 속에, 즉 이상인 시인의 의식 속에 이 징검다리는 자신의 생의 운명을 느끼게 하고 보다 아름답고 영원한 세계로 건너게 하는 영혼의 다리로 각인되어 있다는 사실이 중요하다. 독자로서 우리 역시 제 자신의 깊은 심중에 영혼을 느끼게 하고 영혼으로 가게 하는 매개체로서의 장소들이 있을 터인데, 이상인 시인의 이 "관방천 징검다리"처럼 환하고 푸르고, 시원할지는 자신할 수 없다. 그만큼 이상인 시인에게 고향 담양의 청신한 장소성은 그의 영혼에 평화와 풍요, 초월과 자유로움의 이상을 새겨놓았다고 말해야 할 것이다.

그에 따라 육체성에 깃들어 있는 영혼이 자신의 실존적 정체성을 추동해 가듯이 고향 담양이 주는 장소의 정체성이 시인의 의식과 영적 갈망을 끊임없이 형성하게 한다. 그것은 특히 담양의 장소성에 주요한 특질이 되고 있는 "대나무"의 표상에서 발생한다. 그의 의식 속에서 대나무는 하나의 지향으로, 자유로운 영혼의 상태로 되어가고 싶은 갈망과 함께 현실적 삶의 진정성을 추구하는 하나의 정신적 지표로 제시된다. 다음 시편들이 바로 그와 같은 것을 보여 준다.

대숲은 이렇게 하염없는 흰 사랑을 털어내서 될 일이 아니라는 것을, 그냥 내리면 내리는 대로 쌓이면 쌓이는 대로 함께 푸른 등에 짊어지고 서있는 것이 더 의미 있는 일이라는 것을 알았다.

하여 발목에 힘을 더 주고 무릎도 약간 굽히면서 푸른 등을 둥글게 말아 흰 사랑들이 쌓이기 좋게 동작을 취해 주었고 그런 마음으로 긴긴 겨울밤을 견디다가 동이 트는 새벽 무렵 더는 내리는 사랑의 무게를 어쩌지 못하고 허리가 무너져 깨끗하게 무릎을 꿇고 말았으리라.

그래 당신도 끊임없이 내리는 희디흰 사랑을 온몸으로 받아내 본 적이 있으신지, 그 사랑에 감동되어 무릎을 꿇고 겸허하게 머리를 조아려본 적이 있으신지. 죽녹원 대나무들은 온몸으로 묻고 있는 것이다.

—「죽녹원 대숲의 사랑법」 부분

잠시 앉지도 눕지도 않고
우리 어울려 서서 천 년을 기다렸네.
등뼈 속에 감추어둔 물오른 죽창
비밀스럽게 만져보곤 하였네.

새날이 오면, 이 새로운 땅으로
훨훨 바쁘게 날아온다고 하신 말씀
수십 천 번 댓잎으로 피었다가 지는데

사람이 곧 하늘이 되는 세상 꿈꾸며

이렇게 늙지도 죽지도 못하고

두 눈 맑게 뜨고 곧게 서서

푸른 천 년을 기다리네.

　　　　　　　　　　—「천 년을 기다리는 대숲」 부분

　남도의 사상과 정서 중 하나로 언급되는 대나무의 상징성은 우리가 익히 알고 있는 것이다. 이미 전통적 상징에서 대나무는 죽창으로 의기와 저항의 상징으로 사용되고 있고, 꼿꼿한 절개의 이미지로 일반화되어 있다. 이상인 시에 나타나는 담양의 대나무들 역시 이 의미에서 크게 벗어나지는 않는다. 그러나 대밭이 많아 대나무가 풍부한 담양이라는 장소성으로 인해 그의 시에 나타나는 대나무의 상징적 속성은 특유의 의미를 띠게 된다. 즉 「죽녹원 대숲의 사랑법」에서 보듯, 이상인의 의식 속에서 대나무는 "대숲은 이렇게 차연없는 흰 사랑을 털어내서 될 일이 아니리는 것을, 그냥 내리면 내리는 대로 쌓이면 쌓이는 대로 함께 푸른 등에 짊어지고 서있는 것이 더 의미 있는 일이라는 것"으로, 그리고 더 나아가 "더는 내리는 사랑의 무게를 어쩌지 못하고 허리가 무너져 깨끗하게 무릎을 꿇"는 것, 결국 이것이 "끊임없이 내리는 희디흰 사랑을 온몸으로 받아내"는 것으로 인해 하나의 담백한 존재가 된다. 이는 단순한 의기와 저항이 아니라 그의 의식 속에서 대나무는 그의 시적 중심부를 질러오며 보았던 주제처럼 존재의 운명을 온몸으로 수긍한 상태를 의미하는 것이 아니겠는가. 제 존재의 운명을 온몸으로 수긍하게 되었을 때, 존재는 여느 것에 비할 수 없이 매섭고 진정한 존재성을 지니게 될 것은 당연하다. 때문에 시인의 의식 속에서 "죽녹원 대나무들"이 "온몸으로 묻고 있는" 내용은 대나무가 가진 맑고 순정한 존재성을 통해 이와 같은 삶을 살지 못하고 무기력하게 현실적 삶에 흘러가는 시적 화자를 비롯한 이 시대의 물질적 삶에 포박된 존재들을 준열하게 비판하고 있는 것이라고 볼 수 있다.

이 비판의 날과 방향을 대나무에서 발견하게 된다면 「천년을 기다리는 대숲」에서 언급되는 "등뼈 속에 감추어둔 물오른 죽창"과 "사람이 곧 하늘이 되는 세상 꿈꾸"어 "두 눈 맑게 뜨고 곧게 서서/ 푸른 천 년을 기다"릴 수 있는 존재가 바로 대나무임을 이해할 수 있는 것이다. 시인에게 대나무는 바로 자신의 진정한 삶의 지표로, 영혼이 살아 움직이는 대상으로 상징화되어 사회 역사적 존재로도 기능한다. 그래서 "먹물 같은 시대의 어둠을 가로질러/ 새벽의 찬 이마에 꽂혀/ 일순 파르르 떠는/ 빛나는 살"(「푸른 시누대」)의 이미지 역시 자연스럽게 담양의 장소성을 가진 이상인 시인에게 하나의 자신의 실존적 정체성의 인자로 박혀 있게 됨을 표백할 수 있게 되는 것이다. 대나무가 갖는 상징적 의미는 담양의 장소성과 함께 겹쳐 동시대를 살아가는 허위적이고 가식적인 인간의 정신을 가혹하게 꾸짖는 정신으로 작용하고 있다.

그렇게 보았을 때, 이상인 시인은 영혼의 울림 소리를 비롯한 담양의 장소성을 통해 일관된 의미를 부조하고 있다. 그것은 바로 자신의 육체적, 현실적 삶의 무의미한 흔적에 대한 준열한 반성이다. 그렇다면 그에게 시는 부단한 깨우침 내지 구도의 장일 터이다. 그 점에서 참으로 무서운 구절이 이번 시집에서 보인다. "생각해 보면 내가 힘껏 기어서/ 가 닿은 하루의 끝은/ 결국, 몇 뼘의 거리였다"(「지렁이의 죽음을 읽는 법」)가 바로 그것이다. 이것을 보면 우리 역시 이 시 속에 표현된 지렁이와 다름없을 것이란 생각에 소름이 돋는 것을 느낀다. 생의 길이는 정말 힘껏 기어보았자 결국, 몇 뼘의 거리에 불과한 자국을 남길 것이 아닌가. 여기서 우리는 허무의 세계로 빠져들지 모른다. 이상인 시인의 이번 시집은 이에 대한 제 나름의 해답을 영혼의 울림 소리로 찾아내고 있다는 데에 의미가 있다. 그의 청각적 상상력이 질러간 시적 풍경은 우리의 존재성이 덧없지 않다는 사실, 이 우주와 공명하여 끝없는 영적 세계로 비상할 수 있음을 함축적으로 보여 주고 있다. 그 과정이 비록 죽음이라는 운명적 한계로 인하여 슬프고 아플지라도, 그리고 그 슬픔에 의해 우리들 생이 눈물의 곤궁과 한의 고통에 점철되어 있을지라도, 그것이 참으로 아름다운 한세상으로의 승화일 수 있는 역설이 된다는 점을 주지시키고 있다. 영혼의 울음소리가 가장 맑게 존재의 본성을 일깨워 참된 우주적 존재로 나아가게끔 하는 데에 이상인 시의 진경이 깃들어 있는 것이다.